Willkommen bei Familie Bär

Anne-Marie Dalmais

Willkommen bei Familie Bär

Mit Illustrationen von Sandra Smith

SCHNEIDER BUCH

Die Deutsche Bibliothek – CIP-Einheitsaufnahme

Dalmais, Anne-Marie:
Willkommen bei Familie Bär / Anne-Marie Dalmais. [Übers. aus dem Ital.: Susanne Arnold]. – München : F. Schneider, 1992
ISBN 3-505-04558-6

Frankfurter Ring 150 · 8000 München 40

Übersetzung aus dem Italienischen: Susanne Arnold
Originaltitel: UN LIBRO PER CRESCERE – fiabe per i miei 4-5 anni

Idee, Layout und Text: Anne-Marie Dalmais
Titelbild und Illustrationen: Sandra Smith
Umschlaggestaltung: Claudia Böhmer
Lektorat: Helga Jokl
Assistenz: Birgit Lörler
Herstellung: Manfred Prochnow
Satz: FIBO LICHTSATZ GmbH, München
Schrift: 14/18' Times normal
Druck: Artes Graficas Toledo S.A., Toledo (Spagna)
ISBN: 3-505-04558-6
D.L.TO:1514-1991

INHALT

Einleitung

In diesem Buch erzählt euch Bobo, der kleine fantasievolle und aufgeweckte Bär, von seinen ersten Eindrücken und Erfahrungen.

Zunächst stellt er euch seine Eltern und seine Geschwister vor. Ihr erfahrt, wie sie heißen, wie sie aussehen und was sie gerne tun. Dann führt Bobo euch in sein Zimmer. Er zeigt euch all seine Spielsachen und vertraut euch seine Geheimnisse, Wünsche und Träume an. Auf einem fröhlichen Rundgang durch das ganze Haus seht ihr dann, daß man sogar in der Garderobe wunderbar spielen kann!

Aber das ist noch längst nicht alles: Wenn ihr wollt, führt Bobo euch auch in den Garten – vielleicht nimmt er euch am Schluß sogar mit auf seinen abenteuerlichen Ausflug ...

Mehr wird jetzt aber nicht verraten! Bobo möchte euch seine Abenteuer nämlich gerne selbst erzählen!

Meine Familie

Hallo! Da bin ich! Ich bin ein schöner, dicker, kleiner Bär und heiße Bobo. Ich esse für mein Leben gern Spaghetti, und noch lieber Schokolade.

Natürlich mag ich aber auch noch vieles andere: Überraschungen, Geschichten, Versteckspielen ... Am allerliebsten aber mag ich meine Familie. Und die will ich euch jetzt vorstellen.

Hier sitze ich am Tisch von meinem älteren Bruder Willi.

Willi kann ganz tolle kleine Schiffchen bauen! Die läßt er dann im Waschbecken oder in der Badewanne schwimmen. Gerade hat er eins fertiggebaut, ganz allein für mich! Er braucht dazu Holz, Kleber, Farbe und ganz spitze Werkzeuge, die ziemlich gefährlich aussehen.

„Vorsicht!" warnt Willi mich immer. „Nicht anfassen!" Und deshalb schaue ich meistens nur zu, wenn er bastelt.

Manchmal erlaubt mir Willi aber auch, ihm zu helfen. „Gib mir mal bitte die Schere!“ sagt er dann, oder: „Reich mir mal die Feile!“

Und blitzschnell bring’ ich ihm dann all die richtigen Werkzeuge, denn ich kenne sie schon ganz genau!

Willi hat mir erklärt, wie sie alle heißen: Schraubenzieher, Hammer, Feile, Zange ...

Es macht mir großen Spaß, ihm beim Basteln zu helfen – ich fühle mich dann schon wie ein richtiger großer Bär!

Und das ist mein Schwesterchen Mimi.

Sie ist noch ganz klein. Fast den ganzen Tag schläft sie in ihrer Wiege. „Psst, sei leise, damit sie nicht aufwacht!“ sagt Mama immer zu mir.

Wie klein und süß Mimi ist! Sie sieht fast aus wie eine Puppe. Manchmal finde ich es richtig schade, daß ich noch nicht mit ihr spielen kann. Aber immerhin kann ich sie zum Lachen bringen, wenn ich ihr mit meinen Fingern etwas vorspiele. Und manchmal singe ich ihr auch ein Wiegenlied:

Schlaf, Mimi, schlaf
dein Vater hüt' die Schaf'
die Mutter rüttelt's Bäumelein
da fällt herab ein Träumelein
schlaf, Mimi, schlaf.

„Iiih!“ Ich mag es gar nicht, wenn Mama mich wäscht.
„Sei lieb, Bobo!“ sagt Mama dann. „Es ist wichtig, sauber zu sein. Wenn du schön sein willst, mußt du dich waschen. Komm, wir waschen jetzt das Gesicht mit Wasser und Seife. Und dann die Hände. Und deine Fingernägel machen wir auch noch sauber.“

Abends, wenn ich schon im Bett bin, kommt Mama noch einmal zu mir ins Zimmer. „Gute Nacht“, flüstert sie mit zärtlicher Stimme.

Oft erzählt sie mir auch noch eine Geschichte. Dann kuschle ich mich unter meine warme Bettdecke und schlafe beim leisen Singsang ihrer Stimme ein. Und mein Häschen Tillo, das neben mir liegt, macht auch die Augen zu.

Bevor Mama hinausgeht, gibt sie mir noch einen Gutenachtkuß. Dann geht sie ins Wohnzimmer, um zu stricken und sich mit Papa zu unterhalten.

Mein Papa ist groß und stark und hat eine tiefe Stimme. Wenn er abends nach Hause kommt, fragt er mich ernst: „Bobo, warst du brav? Hast du dein Zimmer aufgeräumt? Und hast du Mama geholfen?“

„Ja, Papa!“

„Das freut mich. Komm auf meinen Schoß!“

Dann setze ich mich auf Papas Knie, und er singt: „Hoppe, hoppe Reiter, wenn er fällt, dann schreit er...“

Dann liest er mir noch aus einem Abenteuerbuch vor – von Piraten und Räubern. Huh, ist das aufregend!

Aber wenn Papa bei mir ist, hab’ ich vor gar nichts Angst. Heute abend hat er mir die Geschichte von fünf Küken vorgelesen, die auf Schatzsuche sind.

Ich habe Mama, Papa, meinen Bruder und mein Schwesterchen sehr gern. Aber ab und zu bin ich auch ein Lausbub und ärgere sie ein bißchen.

Heute nachmittag wollen wir die Großeltern besuchen. Wir haben uns alle ganz fein herausgeputzt.

Papa versucht schon zum fünften Mal, sich die Krawatte zu binden. Allmählich verliert er die Geduld. Schließlich will er ja nicht zu spät kommen! Ich bin schon längst fertig und langweile mich ...

Aber da fällt mir auf einmal was Tolles ein! Schnell krieche ich unter den Tisch! Keiner hat mich gesehen, und unter dem Tischtuch kann ich mich prima verstecken. Hier unten ist es so dunkel wie in einer Höhle.

Dann höre ich, wie Mama nach mir ruft und mich überall sucht.

Jetzt ruft auch Papa nach mir, und dann Willi: „Bobo, wir müssen los!"

Aber ich bleibe in meinem Versteck! Ich halte mir die Ohren zu und tu' so, als würde ich nicht hören. Jetzt suchen sie mich alle – und keiner findet mich! Schließlich aber hab' ich keine Lust mehr, so allein da unten zu sitzen. Ich strecke den Kopf unter dem Tisch hervor und rufe: „Guckuck!"

Mama findet das gar nicht lustig.
Papa ist schon richtig ärgerlich.
Und Willi wirft mir böse Blicke zu.

Schnell, los jetzt! Oma wird sich Sorgen machen, wenn wir zu spät zum Kaffee kommen!

„Beeil dich, Bobo“, sagt Papa streng. „Du mußt besser folgen!“

Aber schließlich sind sie alle wieder ganz friedlich. Willi nimmt den Blumenstrauß für Oma, und ich trage die Pralinen für Opa.

So, jetzt muß ich aber wirklich gehen! Tschüs, bis später!

Mein Zimmer und meine Spielsachen

Hallo! Erkennt ihr mich? Ja, ich bin's, Bobo, der dicke kleine Bär, euer neuer Freund!

Heute möchte ich euch mein Zimmer und mein Spielzeug zeigen. Ich habe ein Zimmer ganz für mich allein! Hier kann ich aus vollem Halse singen oder laut Geschichten erzählen. Ich kann Grimassen schneiden, Purzelbäume schlagen, auf dem Teppich herumkugeln ... In meinem Zimmer darf ich tun und lassen, was ich will.

Hier seht ihr die Tür zu meinem Zimmer. Gefällt sie euch? Auf dem Schild steht mein Name: BOBO. Gleich neben der Tür habe ich meine Garderobe. An die Haken aus Kiefernholz hänge ich meinen Mantel und meine Mütze.

Wenn es regnet und ich pitschnaß heimkomme, ziehe ich ganz schnell meinen nassen Regenmantel und die schmutzigen Stiefel aus. So bleibt das schlechte Wetter draußen.

Vor meinem Zimmer steht mein Schaukelpferd. Es paßt immer darauf auf, daß kein ungebetener Gast mein Zimmer betritt.

Schaut, an meiner Tür hängen Glöckchen. Wenn ich die Tür aufmache, bimmeln sie. Das hört sich fast so an, als würden sie mit silberner Stimme singen: „Herzlich willkommen, nur hereinspaziert!“

Bobo

Das ist mein Bett. Es hat eine schöne, große, ganz weiche Matratze. Und obendrauf liegt eine flauschige, federleichte Zudecke. Die ist riesengroß! Fast noch größer als Papa!

Aber meine Bettdecke ist nicht nur zum Zudecken da. Sie ist auch eine Zauberdecke! Manchmal verwandelt sie sich in eine geheimnisvolle, dunkle Höhle. In der verstecke ich mich dann vor dem feuerspeienden Drachen.

Ein andermal verzaubert sich meine Decke in ein Segel für mein Boot. Der Wind bläht es auf, und dann gehe ich auf Piratenjagd. Mit meinem Fernglas schaue ich aufs große, weite Meer hinaus.

Wenn ich meine Decke zusammenlege, wird daraus ein Trampolin. Psst, nicht weitersagen! Das ist mein Geheimnis! Hoppla! Auf meinem Trampolin hüpfe ich hoch, hoch in die Luft, und dann, bums!, mach' ich eine Bauchlandung. Das macht Spaß!

Ein Schrank ist doch eine tolle Erfindung! Mit ihm spiele ich Willi oft lustige Streiche. Manchmal ruft er nach mir: „Bobo! He, Bobo, wo steckst du?“

Dann schlüpfe ich blitzschnell in den Schrank. Da drinnen ist es wie in einem kleinen Haus. Ich ziehe von innen die Tür zu, aber nicht ganz. Sonst wäre es nämlich zu dunkel, und ich käme vielleicht nicht mehr heraus.

In meinem Versteck höre ich, wie Willi vor dem Schrank auf und ab geht. Ich halte die Luft an – und dann springe ich plötzlich mit einem Satz heraus und brülle: „Huuh, ich bin der böse Wolf!“

Das hier ist eine ganz besondere Truhe. Sie ist voller Schätze! Soll ich sie mal aufmachen? Schaut her, da sind all meine Spielsachen drin: mein Häschen, das Springseil, das Jo-Jo, die Glasmurmeln, mein Vogel Kuno, ein Kegelspiel, meine Bälle, die fliegende Untertasse und mein Bauernhof.

In meiner Truhe sind noch viele andere schöne Sachen. Möchtet ihr mal mein Flugzeug sehen? Hier ist es! Es hat einen richtigen Propeller. Der dreht sich ganz von alleine, wenn man ihn mit einem Gummi aufzieht!

Ach, wäre es schön, wenn mein Flugzeug fliegen könnte!

Mein Onkel hat mir ein neues Spielzeug geschenkt. Ist es nicht toll?

Es ist ein schöner, großer, grüner Bus mit gelben Rädern und einem Lenkrad. Ich kann mich sogar draufsetzen und spazierenfahren! Im ganzen Haus kurve ich herum. Mama hat mir versprochen, daß ich morgen den Bus auch mit in den Garten nehmen darf. Auch mit dem riesigen Karton, in dem der Bus verpackt war, kann man wunderbar spielen! Ich setze mich hinein, und jetzt ist der Karton mein Boot. Der Teppichboden ist das Meer, und den ganzen Nachmittag bin ich in meinem Boot unterwegs.

Jetzt zeige ich euch noch mein Lieblingsspielzeug: meine Holzklötzchen. Mit denen baue ich ganz, ganz hohe Türme!

Ich habe viele verschiedene Bauklötze: kleine und große, runde und eckige, blaue, gelbe, rote und grüne.

Vorsichtig setze ich ein Klötzchen auf das andere – nichts darf wackeln!

Heute hat Mama meinen neuen Turm angeschaut. Sie hat begeistert in die Hände geklatscht und gesagt: „Bobo, das hast du wirklich toll gemacht!“

In meinem Zimmer fühle ich mich sicher und geborgen. Nur im Dunkeln hab' ich ab und zu ein bißchen Angst. Kurz vor dem Einschlafen höre ich manchmal ganz seltsame Geräusche unter meinem Bett.

Da raschelt doch was! Ich bin mucksmäuschenstill. Nur mein Herz klopft ganz laut. Vorsichtig schaue ich unters Bett – nichts zu sehen! Trotzdem parke ich lieber mal mein Feuerwehrauto neben meinem Bett: Die Feuerwehrmänner passen bestimmt gut auf, daß nichts passiert.

Manchmal fangen auch plötzlich die Vorhänge an zu rascheln. Da hat sich doch jemand dahinter versteckt!

Ich nehme all meinen Mut zusammen und pirsche mich auf Zehenspitzen ans Fenster heran. Und dann reiß' ich die Vorhänge mit einem Ruck auf und schreie laut: „Hau ab!", um den unbekannten Störenfried zu verjagen.

Oder ich bleibe mitten im Zimmer stehen und rühre mich nicht von der Stelle. Langsam zähle ich bis zehn, dann drehe ich mich blitzschnell um – und weg ist er, der Bösewicht!

Einmal hab' ich mich abends unter meine Bettdecke gekuschelt und mich schlafend gestellt. Es dauerte nicht lange, da hörte ich wieder ein verdächtiges Geräusch. Blitzschnell hab' ich die Augen aufgemacht, aber ... ich trau mich's fast nicht sagen ...

... Es war nur meine Biene Kamilla, die polternd vom Nachttischchen gefallen ist!

Wenn Mama dann noch mal zu mir reinkommt, um mir gute Nacht zu sagen, ist auf einmal der ganze Spuk vorbei: Mein Bett knarzt nicht mehr, die Vorhänge rascheln nicht mehr, und in meinem Zimmer ist alles still und friedlich.

Mama, die wundervoll nach Maiglöckchenparfum duftet, erzählt mir noch eine Geschichte. Dann gibt sie mir einen Gutenachtkuß. Und ich kuschle mich an meinen Teddybär und schlafe selig ein.

Unser Haus

Hier bin ich wieder! Ja, ich, Bobo, der kleine Bär, der so gern Spaghetti und Schokolade ißt (aber auch Honig und Kekse und natürlich Omas leckere Torte!) Aber jetzt kommt mit! Ich möchte euch unser Haus zeigen, von unten bis oben.

Erratet ihr, wo wir mit unserem Rundgang beginnen? Da, wo es mir besonders gut gefällt – ihr wißt ja schon, daß ich gerne nasche ...

Bravo! Ihr habt richtig geraten! Wir fangen in der Küche an. Ich frühstücke gerade.

Die vielen blanken Sachen, die in der Küche an der Wand hängen, gefallen mir sehr. Da hängen kleine Schüsseln und riesengroße Töpfe, Pfannen, Schöpflöffel, Schneebesen, Siebe ...

Es macht bestimmt Spaß, mit all diesen Geräten leckere Gerichte zu zaubern. Vielleicht werde ich mal Koch, wenn ich groß bin?

Besonders gern mag ich den Küchenschrank! Wenn Mama ihn öffnet, verbreitet sich in der ganzen Küche ein wunderbarer Duft. Ein Duft, der süß und herb zugleich ist.

Im Schrank bewahrt Mama Kakaodosen, Gläser mit eingemachten Früchten, Marmelade und Honig auf. Aber natürlich auch Schokolade, Kekse und Bonbons ...

Von der Küche aus gelangt man in eine kleine Garderobe. Ob ich mal Papas Gummistiefel anprobiere? Sie sind riesengroß! Ich komm' mir vor wie der Däumling in den Siebenmeilenstiefeln!

In der Garderobe gibt es aber auch noch viele andere Dinge zu entdecken: Hausspantoffeln, Regenmäntel, Schals, Papas Angelrute und einen Kescher und Körbe. Stundenlang kann ich da herumstöbern – hier wird es mir nie langweilig!

Aufgepaßt? Jetzt geht's ins Wohnzimmer!

Das ist ein vornehmes Zimmer mit vielen kostbaren und zerbrechlichen Dingen. Und alles steht immer ordentlich an seinem Platz. Ins Wohnzimmer darf ich nur, wenn Mamas Freundinnen zu Besuch sind.

Und das sind sie: die Störchin Frau Langschnabel, die immer einen großen, blumengeschmückten Hut trägt; das Reh Frau Treublick, die mir oft Süßigkeiten mitbringt; die Ziege Frau Hörnchen, die nach Lavendelparfüm duftet, und Frau Glanzhaar, die Frau von Herrn Dachs. Vor ihr fürchte ich mich ein bißchen, weil sie so funkelnde, pechschwarze Augen hat.

Manchmal möchte Mama, daß ich den Damen Konfekt reiche. Natürlich darf ich mir auch was davon nehmen, aber erst als letzter! Und manchmal schnappen mir die Damen eine Praline oder ein Mandelplätzchen vor der Nase weg! Tja, so ist das nun mal. Dafür tröste ich mich dann aber mit einem leckeren Nußplätzchen.

Die Damen trinken Tee und plaudern. Sie sprechen immer alle gleichzeitig. Wie verstehen sie sich nur? Manchmal muß ich richtig lachen über sie. Aber es kommt auch vor, daß ich vor Langeweile auf dem Sofa einschlafe ...

Kommt nur mit! Jetzt zeige ich euch unser Eßzimmer. Die Tür quietscht ein bißchen. Schon als ich noch ganz klein war, hat sie gequietscht. Für mich ist das ein fröhliches, vertrautes Geräusch.

Das Eßzimmer benutzen wir eigentlich nur bei besonderen Anlässen: Geburtstage, Familientreffen, Sonntagsmahlzeiten, Weihnachtsessen oder Kinderfasching. Das sind immer lustige Feiern, bei denen wir fröhlich und ausgelassen sind.

Vor kurzem haben wir im Eßzimmer den Geburtstag von Willi gefeiert. Mama hat eine prächtige Torte gebacken, mit einem Schiff aus Zucker und Marzipan obendrauf, und natürlich auch mit Geburtstagskerzen.

Willi hat tief Luft geholt und sie alle auf einmal ausgeblasen!

Dann hat er seine Geschenke ausgepackt. Ganz langsam und sorgfältig hat er die Schleifen aufgeknüpft. Ich aber konnte vor Aufregung und Neugier nicht stillsitzen.

Mama hat das Eßzimmer mit Lampions und bunten Luftschlangen geschmückt. Es war ein tolles Fest! Wir haben viel gelacht und lustige Lieder gesungen!

Einmal hab' ich auf der Treppe geturnt. Ich bin klammheimlich auf dem Hosenboden das Geländer hinuntergerutscht – so schnell wie eine Rakete!

Aber ... oh weh!

Ich hab' die Kurve nicht bekommen und bin böse auf die Nase gefallen. Seitdem mache ich nie wieder auf der Treppe Kunststücke!

Das ist das Zimmer von Mama und Papa.

Ehrlich gesagt kenne ich mich hier nicht so besonders gut aus. In der Kommode und im Schrank liegen lauter geheimnisvolle Dinge. Ab und zu zeigt mir Mama in diesem Zimmer alte Fotos von früher. Manche sind so komisch, daß ich mich vor Lachen kringele!

Manchmal schleiche ich mich aber auch heimlich in Papas und Mamas Zimmer. Dann betrachte ich dieses seltsame Ding auf dem Kamin: ein getrockneter Blumenstrauß unter einer Glashaube. Warum die Blumen wohl eingesperrt sind?

Kommt, gehen wir weiter!

Die Tür mit dem aufgemalten Schiff und dem Wal führt in Willis Zimmer.

Und die mit den kleinen Teddybären, die Ringelreihen tanzen, führt ins Zimmer von Mimi. Psst, leise, Mimi schläft.

Und jetzt zeig' ich euch unser Bad. Seht nur, die schönen blauen Kacheln! Und der blitzblanke Spiegel, vor dem ich oft Grimassen schneide! Und erst die Badewanne! Beim Baden lasse ich meine Spielzeugenten darin schwimmen. Und den Schaum blase ich in alle Richtungen – pffft! Manchmal vergesse ich, den Wasserhahn zuzudrehen, und dann ... oh weh!

Und jetzt zeige ich euch noch einen meiner ganz besonderen Lieblingsplätze – den Dachboden! Er ist wie eine geheimnisvolle kleine Schatzhöhle. Wenn es regnet, darf ich hier oben spielen.

Stundenlang wühle ich in morschen Truhen herum, blättere in verstaubten Büchern, betrachte alte Fotoalben. Und dann fange ich an zu träumen.

Wunderbare Geschichten denk' ich mir aus, und dann bin ich der glücklichste Bär auf der ganzen Welt!

Unser Garten

Hallo, hier bin ich wieder, der kleine Bär Bobo!

Heute scheint die Sonne. Kommt, schnell! Nichts wie raus in den Garten!

Unser Garten ist viel größer als mein Zimmer. Sogar noch größer als das ganze Haus! Und er ist voller Düfte und Farben!

Im Garten kann ich herumrennen, soviel ich will. Ich darf hüpfen, schreien und Purzelbäume schlagen. Hier störe ich niemanden.

In unserem Garten gibt es viele tolle Dinge zu sehen. Kommt mit, ich zeig' sie euch!

Die vordere Haustür führt in den kleinen Rosengarten. Das ist Mamas Garten. Er ist sehr gepflegt und ordentlich. Der Rasen vor den Beeten ist immer sauber gemäht und sieht aus wie ein weicher, leuchtendgrüner Teppich.

Hier blühen Rosen über Rosen, die wundervoll duften – hatschi!

Aber sie haben auch lange, spitze Dornen. Denen komme ich lieber nicht zu nahe!

Im kleinen Rosengarten gibt es auch blühende Büsche und große Blumenbeete mit vielen Blumen: Lilien, Vergißmeinnicht, Nelken, Gladiolen und Margeriten. Diese Blumen sind sehr empfindlich. Man muß sie gut pflegen, sonst welken sie.

In Mamas Rosengärtchen fühle ich mich ein bißchen wie in unserem Wohnzimmer: Ich trau' mich fast nichts anzurühren.

Mama bindet die schönsten Blumensträuße der Welt. Jeden Morgen schneidet sie Rosen und stellt sie in einer Blumenvase auf den Tisch. Beim Essen betrachte ich dann gerne die Blumen.

Geht man durch die Hintertür aus dem Haus, so kommt man in den großen Garten. Hier wachsen ganz andere Blumen als in Mamas Rosengarten. Sie sind klein und nicht so empfindlich, und ich kann sie anfassen: Löwenzahn, Glockenblumen, Gänseblümchen ...

Um die Wiese herum führt ein kleiner Weg, auf dem ich mit meinem Dreirad herumsause.

Im hinteren Garten spielen und toben wir wie wild. Wir spielen Ball, Versteck, Fang-den-Mann, wir rennen um die Wette, machen Hoch- und Weitspringen und kurven mit dem Roller und dem Rad herum.

Manchmal kommt mein Freund, das Schweinchen Max, zu mir zum Ballspielen. Ihr solltet mal sehen, wie wir beide dann herumsausen! Hierher – Komm, hopp! – Dorthin! – Achtung! Max ist einfach unschlagbar. Aber ich spiele auch nicht schlecht!

Unser Gärtner, Hase Langohr, ist einer meiner erwachsenen Freunde. Von früh bis spät arbeitet er im Garten. Er belädt den Schubkarren mit Erde, recht das gemähte Gras zusammen, schleppt volle Wassereimer ... Seine Blumenkarre ist immer voller Töpfe, Samentütchen und Pflänzchen. Manchmal klettere ich in Langohrs Schubkarren, und dann schiebt er mich durch den ganzen Garten.

Ich stelle ihm tausend Fragen. Langohr gibt mir immer eine Antwort, auch wenn er manchmal grummelt: „Du bist aber ganz schön neugierig, Bobo!"

Neulich sah ich ihm wieder einmal bei der Arbeit zu und fragte: „Langohr, warum stellst du die Blumentöpfe in ein Haus mit so vielen Fenstern?“

„Das ist ein Treibhaus. Es speichert die Wärme der Sonne. Pflanzen brauchen nämlich viel Wärme, damit sie gedeihen.“

Langohrs eigentliches Reich aber ist der Gemüsegarten. Mit Hilfe einer Schnur zieht er regelmäßige, gerade Furchen in die Erde. In die wirft er dann mit schwungvollen Bewegungen winzige Samen, oder er setzt kleine Pflänzchen mit zarten Wurzeln hinein.

Schaut, hier sät er gerade Bohnen aus. Daneben seht ihr Kopfsalat und Karotten! Die eß' ich für mein Leben gern! Langohr hat mir erklärt, daß man den Salat ernten muß, solange er noch klein und zart ist.

Am liebsten mag ich die Kräuter: Salbei, Lorbeer, Rosmarin. Im ganzen Gemüsegarten verströmen sie ihren wundervollen würzigen Duft. Wenn Mama einen Braten macht, bring' ich ihr oft Kräuter aus dem Garten.

Und am allerliebsten ernte ich mit Langohr Erdbeeren. Mmh – köstlich schmecken die!

Gleich neben dem Gemüsegarten hat mir Langohr ein eigenes Beet angelegt. „Pflanz doch ein bißchen Kohl an!“ riet er mir.

„Nein, lieber Radieschen!“

„Gut, dann eben Radieschen“, meinte Langohr und drückte mir ein Tütchen mit Samen in die Hand.

Ich hab’ die Erde umgegraben und ausgesät. Und dann hab’ ich gewartet. Ganz schön lange und ganz geduldig. Und eines schönen Morgens spitzten endlich kleine Blättchen aus der Erde! Und am nächsten Tag waren die Blättchen schon viel größer! Ich hab’ sie herausgezogen, aber, o je! Keine Spur von Radieschen ...

„Warum bist du nur so ungeduldig!“ schmunzelte Langohr.

Ein paar Meter neben meinem Gemüsebeet liegt ein schöner Sandhaufen mit ganz feinem Sand. Wenn er feucht ist, kann man die tollsten Sachen damit machen!

Ich hab' mir eine Straße für meine Spielzeugautos gebaut. Mit ganz vielen Kurven, und mit Hügeln, sehr steilen Abhängen und Tunnels.

Ich hab' den Sand ganz festgedrückt und an beiden Seiten die Straße mit schönen Wällen befestigt.

Jetzt veranstalte ich hier mit meinem Freund Toni von nebenan die rasantesten Autorennen!

Ganz hinten im Garten, hinter den Gemüsebeeten, steht Langohrs Geräteschuppen. Er ist nie abgesperrt, und ich darf hineingehen. Hier fühle ich mich ähnlich wie auf dem Dachboden – wie in einer geheimnisvollen Höhle. Hier liegt alles mögliche herum: Heugabeln, Rechen, Blumentöpfe, Hämmer, Gartenscheren, Gießkannen, Kataloge mit bunten Fotos von allen möglichen Blumen und Pflanzen.

An Regentagen verkrieche ich mich oft in diesen Schuppen und lausche den Regentropfen, die aufs Dach trommeln.

Ein tolles Abenteuer

Guckuck! Ja, ich bin's wieder, Bobo, der kleine Bär! Jetzt sagt bloß nicht, ihr hättet mich nicht wiedererkannt! – Wißt ihr was? Ich habe eine großartige Idee! Aber ihr dürft niemandem was sagen, es ist nämlich ein Geheimnis!

Also, hört her: Ich mache eine Reise – ganz allein!! Meinen Proviant hab' ich schon an einem geheimen Plätzchen versteckt: ein Wurstbrot, einen Riegel Schokolade und meine Wasserflasche.

Morgen ist der große Tag! Morgen beginnt mein aufregendes Abenteuer!

Uff! Jetzt bin ich doch tatsächlich zu früh aufgewacht! Noch bevor der Wecker geklingelt hat! Vor Aufregung kann ich nicht mehr einschlafen.

Auf jetzt! Ich muß mein Reisebündel packen.

Außer dem Proviant nehme ich noch mein Jo-Jo, meinen Kuschelhasen, das Säckchen mit den Glasmurmeln und meinen lila Schal mit. Ich wickle alles in ein Tuch, dessen Enden ich an einen Stock knote.

So! Jetzt lade ich mir mein Bündel auf die Schultern – und los geht's!

Psst! Auf Zehenspitzen laufe ich die Treppe hinunter, damit mich ja keiner hört! Hopp! Mit einem Riesensatz nehme ich die drei letzten Stufen auf einmal – die knarzen nämlich immer so. Und dann schleiche ich mich leise durch die Küche und die Garderobe zur Hintertür hinaus. Ich laufe durch den hinteren Garten an den Gemüsebeeten vorbei zum Gartentor. Zum Glück ist es nicht abgesperrt! Ich drücke die Klinke hinunter – und schon bin ich draußen!

Jetzt also beginnt meine Reise! Mein Herz klopft wie wild.

Aha, da ist ein kleiner Pfad. Auf dem werde ich loswandern. Oh, schaut nur, hier steht ein wunderschöner Apfelbaum! Seine Äste reichen fast bis auf den Boden. Ich pflücke mir einen Apfel und beiße kräftig hinein: Mmh, das ist der beste Apfel, den ich je gegessen habe!

Seht nur die schöne Wiese da! Ich verlasse den Pfad und wage mich ins hohe Gras hinein.

Wie aufregend! Das Gras reicht mir bis zur Stirn. Das ist ja fast wie im wilden Dschungel!

Jetzt bin ich ein Forscher, mir fehlt nur noch der Tropenhelm. Aber was, wenn sich in diesem Dschungel ein wildes Tier oder eine giftige Schlange versteckt? Brrr, mir ist nicht gerade wohl in meiner Haut!

Aber zum Glück hört jetzt die Wiese auf, und ich komme wieder auf einen Weg. So komme ich schneller vorwärts.

Aber da vorne geht doch Frau Hörnchen, die Ziege. Wohin sie wohl mit ihren zwei Körben unterwegs ist?

Warum schaut sie mich denn mit so großen Augen an? Und warum dreht sie sich nach mir um? Schon das vierte Mal bleibt sie jetzt stehen und schaut sich nach mir um!

Puhh! Endlich ist sie weg. Aber da kommen mir schon zwei andere entgegen: Esel Beppo und Schaf Wolli mit ihren Schulranzen.

„Na, Kleiner“, sagt Wolli frech, „wo willst du denn hin? Vielleicht zum Zirkus? Oder auf den Markt?“

„Ha, ha“, lästert Beppo. „Das Bürschchen will wohl ausreißen! So klein und schon so dreist!“

Ich bin ganz schön beleidigt! Aber mit diesen beiden Burschen lege ich mich lieber nicht an. Ach, wenn nur Papa bei mir wäre ...!

Schließlich sind auch diese beiden Lümmel weg, und ich kann weitergehen. Aber ich verlasse jetzt lieber doch den Weg, bevor mir wieder jemand in die Quere kommt.

Oh, ein Bach! Seht, wie schön er sich durch die Wiese schlängelt!

Ich werde mich eine Weile am Ufer ausruhen. Ich bin nämlich schon ein wenig müde. Und mein Reisebündel ist auf einmal auch so schwer. So, jetzt esse ich mein Wurstbrot! – Du meine Güte, es ist ja schon ganz hart geworden! Ach, wäre ich nur bald wieder zu Hause! Ein bißchen langweilig ist es schon, wenn man mit niemandem reden kann ...

„Bobo, Bobo!“

Herrje, wer ruft denn da nach mir?

Das ist doch Langohr! Ganz glücklich ist er, als er mich sieht. Warum denn das? Wirklich sehr komisch!

„Bobo, ach Bobo“, sagt Langohr erleichtert. „Wir suchen dich schon! Alle machen sich große Sorgen um dich! Komm, ich bring’ dich nach Hause.“

Offen gestanden, bin ich eigentlich gar nicht traurig, daß Langohr mich gefunden hat. Mein Abenteuer ist vorbei, aber es hat ja auch schon lange genug gedauert.

Kaum sind Langohr und ich wieder zu Hause, schließt Mama mich in ihre Arme und drückt mich fest an sich. Dann aber schimpft sie mit mir. O weh, sie ist wirklich verärgert.

„Du darfst nicht allein von zu Hause weggehen, ohne jemandem etwas zu sagen! Wie kannst du nur so etwas tun? Du weißt doch, daß du noch zu klein dafür bist! Und was wäre gewesen, wenn du dich verlaufen hättest? Oder wenn dich ein Lastwagen überfahren hätte?“

Wenn, wenn, wenn ... Mama hat so viele „Wenns“ gefunden, daß mir davon ganz schwindelig geworden ist.

Willi aber hat mich fast ein bißchen bewundernd angesehen. Er selbst ist doch immer so brav, ihm würde so ein Abenteuer niemals in den Sinn kommen ...

Und Mimi schrie in ihrer Wiege aus Leibeskräften. In der allgemeinen Aufregung hat Mama nämlich vergessen, ihr das Fläschchen zu geben! Und jetzt wartet Mimi schon über eine halbe Stunde auf ihre Milch ...

Papa ist nicht da. Er sucht mich in der falschen Richtung: Er ist durch den Rosengarten gegangen ...

Aber bald ist er zurück. Überall hat er mich gesucht, und jetzt ist er müde und erhitzt.

Glücklich drückt er mich ganz fest an seine Brust. Ich bekomme fast keine Luft mehr. Aber auch ich bin sehr glücklich und fühle mich wieder sicher und geborgen.

Ha! Beppo und Wolli hätten es nie gewagt, sich über mich lustig zu machen, wenn Papa dabeigewesen wäre! Ich mag meine Eltern und meine Geschwister wirklich sehr! Und sie mich auch. Das habe ich heute ganz deutlich gespürt.

Aber mein Abenteuer war doch toll! Findet ihr nicht auch?